삼도천

어느 날, 귀신이 되었다

❶ 눈 떠 보니 저승

글 곽규태

진주교육대학교에서 초등교육을 전공했고, 현재 외간초등학교 교사로 재직 중입니다. 학생들과 함께 즐길 수 있는 재미난 수업과 이야기를 만드는 것을 좋아합니다. 다양한 교육 관련 대회에 도전해 국무총리상, 교육부장관상, 과기부장관표창을 수상했습니다.

그림 유영근

캐릭터 애니메이션 제작 업체 'TRTB Pictures'에서 기업 광고와 교육용 콘텐츠를 제작했습니다. 현재는 프리랜서 일러스트레이터이자 열 살 아이의 아빠로 활동 중입니다. 지은 책으로는 《아빠는 다섯 살》, 《아빠는 여섯 살》 등이 있습니다. 《초3, 과학이 온다》, '후덜덜 식당' 시리즈, '어느 날, 노비가 되었다' 시리즈 등에 그림을 작업했습니다. 인스타그램 @jhiro2

일러두기 이 책은 가상의 저승 세계를 배경으로 둔 창작 동화입니다. 우리나라에서 전해 내려오는 요괴 및 귀신 이야기로 상상력을, 등장 인물의 친절한 설명을 통해 어린이 안전 상식을 더했습니다.

등장인물

전민수

천수 초등학교에 다니며 미스터리와 전설을 좋아하는 열두 살 초등학생.
특히 한국의 민간 전설에 관심이 많다. 호기심이 많고 불의를 참지 못하는
성격이다. 우연한 사고로 몸은 이승, 영혼은 저승에 와 있는 상황이다.
'저승관리사무소'의 어린이 저승사자로, 미션을 성공하면 원래 몸이
있는 곳으로 다시 돌아갈 수 있다.

저승냥이

저승사자를 보조하는 저승 펫 중 하나. 귀신,
요괴뿐만 아니라 안전 교육 등 많은 지식을
가지고 있다. 초보 저승사자들을 도와준다.
성격은 고양이답게 까칠한 편이지만
전민수를 은근히 챙겨 준다.

이지율
전민수와 어릴 때부터 함께 자라온 소꿉친구
이자 같은 반. 활발하고 덜렁대는 성격이지만
정이 많고 따뜻한 마음씨를 가지고 있다.

저승관리사무소 소장
냉정한 성격을 가진 '저승관리사무소'의 소장.
직원들 관리와 저승에서 일어나는 사건 사고
때문에 늘 바쁘다. 저승에 온 전민수에게 미션을
내려 다시 이승으로 돌아갈 수 있는 기회를 준다.

저승사자 교관
저승사자 교육 담당 공무원. 전민수가 요괴를
잘 다룰 수 있도록 체력 단련을 시켜 준다.
훈련에 진심이라 허투루 하는 법이 없다.

이도하
저승의 봉인 항아리에서 탈출한 귀신 중 하나.
교통사고를 당해 죽은 어린이 귀신으로, 도로
에서 장난을 치는 아이들을 보면 화가 난다.
상대방을 어지럽게 만드는 능력을 사용한다.

★ **지박령** 자신이 죽은 장소를 계속 맴도는 영혼.

비가 오려나?

어…, 그러게.

전민수! 너 아까부터 뭘 보길래 그래?

이거!

한국의 귀신과 요괴들

한국의 귀신과 요괴들

야! 너 또 그거 봐? 귀신 얘기는 무섭잖아.

으에

재밌지 않아? 땅에 묶여 있는 지박령은 밤이든 낮이든 그 장소에서 벗어나지 않는대!

그래. 누가 널 말리냐.

에 휴

생태연못

앗. 잠깐.

누가 쓰레기를…

전민수! 학원 차 올 때 됐어. 빨리 와!

오 우렁이다

우리 학교 연못에 우렁이 각시가 살고 있다는 전설도 있다?

그 거 알 아?

그래. 그래.

아, 뭐야~ 내 얘기 하는 줄 알고 좋아했는데~!

샤라락

매번 쓰레기도 잘 치우고~ 우리 민수는 참 기특하기도 하지!

생태연못

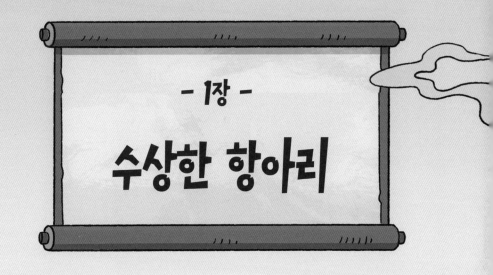

- 1장 -

수상한 항아리

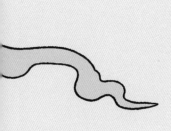

"여기는 어디지?"

눈뜨자마자 제일 먼저 보이는 건 진보랏빛 하늘이었다.
그리고 푹신한 침대에 누운 것처럼 땅바닥이 말랑했다.
몸을 일으켜 땅을 디딘 순간, 깜짝 놀라고 말았다. 끝없이
펼쳐진 길, 자욱한 안개, 옆으로 길게 나 있는 강이라니.

"잠깐. 저게 강이라고?!"

졸졸졸 흐르는 물소리를 따라 가까이 다가가 보았다.

"물 색깔이 꼭… 오줌 같은데?"

나는 어찌 된 일인지 몰라서 계속 주위

만 휙휙 두리번거렸다.

분명히 학교 앞 우체통에 머리를 박은

것까지는 기억난다. 하지만 그 뒤의 일은 기억

나지 않았다.

"황천길이랑 삼도천?! 게다가 저승이라면…, 진짜로 내가 죽었다고?"

정말 황당했다. 아니, 억울했다. 도로에서 장난치던 애들 때문에 애꿎은 내가 죽다니! 너무 믿기지 않아서, 진짜 현실 같지 않아서 눈물도 안 나왔다.

'엄마…, 아빠. 지율아. 나 귀신 됐어.'

누가 알았을까? 맨날 영상에서만 보던 사후 세계에 내가 들어올 줄이야.

얼마나 걸었을까. 걷는 내내 이리저리 생각해 봐도 믿기지 않았다. 염라대왕을 만나면 내가 착한 삶을 살았는지 나쁜 삶을 살았는지 알게 될 것이다. 지율이를 구하다가 귀신이 됐으니까 착한 아이라고 다시 보내 주지 않을까? 진짜 운이 좋으면 말이다.

하염없이 황천길을 따라 걷고 있는데 저 멀리서 날렵하고도 재빠른 발소리가 들려왔다.

'어라? 저건… 고양이?'

웬 새하얀 고양이가 나를 향해 달려오는 게 아닌가.

'내 이름은 어떻게 알았지?'

"너, 누구야?"

"나? 저승냥이!"

자신을 '저승냥이'라고 소개한 흰색 고양이는 내가 명부에 뜨자마자 달려 나왔다고 한다.

그때, 저승냥이의 방울 목걸이가 반짝였다. 저승냥이는 방울을 쳐다보면서 투덜거렸다.

"또 호출이라니. 역시 이 몸이 없으면 안 된다니까!"

안녕?
난 저승냥이.

저승관리사무소
에서 일하는
저승사자들을
보조하고 있다!

인간들은
예로부터
저승사자의
모습을

어떻게
생각했을까?

차라락

저승

서양은 낫을 들고 있는
무서운 존재로 생각했고,

동양은 죽은 자를 이끄는
인간미 있는 공무원*정도로
생각해 왔지!

저승관리사무소는 저승사자들과
직원들이 일하는 곳이다!

우리는 밤낮없이 영혼을 바른길로
이끌기 위해 열심히 일하고 있지!

 ★ 공무원 나라의 일을 맡아서 하는 사람.

저승냥이는 여기 있을 시간이 없다며 나에게 저승관리
사무소에서 다시 보자고 했다. 표지판이 가리키는 대로
걸어가면 금방 찾는다나 뭐라나?

'길이 꼬불꼬불하게 생겼네.'

아래를 슬쩍 내려다보니 깊이를 알 수 없는 낭떠러지였
다. 까딱 잘못하다가는 떨어질 것 같았다.

망설이던 그 순간, 갑자기 뒤에서 뚜벅뚜벅 소리가 들렸다. 안개가 잔뜩 낀 데다가 누군지 알 수 없는 소리까지 점점 커지니 덜컥 겁이 났다.

나는 꼬불꼬불한 길 쪽으로 재빨리 내달렸다.

"애고, 무서워 죽는 줄 알았네. 아. 나 죽었지?"

발소리는 이제 들리지 않았다. 그런데 내 앞에 커다란 벽과 웬 구멍이 나타났다.

분명 이쪽 길을 따라가면 저승관리사무소가 금방 나온다더니.

"…아무래도 잘못 온 것 같은데?"

그때, 아까 끊겼던 발소리가 다시 뒤에서 들려오는 게 아닌가.

안으로 급하게 들어오느라 발이 꼬여 엉덩방아를 찧고
말았다. 다행히 발소리는 내가 이곳을 들어오자마자 뚝
끊겼다. 도대체 정체가 무엇일까?

'설마…… 나를 여기에 들어오게 하려고?'

이곳은 축축하고 서늘한 기운이 가득한 지하실 같았다.
구석에는 수상한 항아리들이 가득했는데 먼지가 잔뜩 쌓
여 있었다.

"으~ 먼지."

항아리를 둘러보는데 먼지 한 톨 없이 깨끗한 항아리가
보였다.

여기가
감옥이었어?

감옥에 갇힌 당신!
이 비상 항아리를
깨뜨리면
저승 교도관이
여기로 출동합니다.

저승냥이의 어느 날 ①

기다림

- 2장 -

억울해!

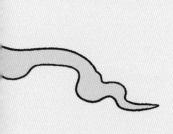

"으아아아악!"

나는 주위를 둘러보다가 목덜미에 무언가 기분 나쁜 것이 닿는 듯해 고개를 든 순간, 비명을 내지르고 말았다. 내 눈앞에 커다란 거미줄이 떡하니 있는 게 아닌가. 온몸에 소름이 끼쳤다.

나는 서둘러 출구를 찾기 시작했다. 호롱불을 따라 어두컴컴한 벽을 걷던 그때였다.

"이곳을 제 발로 들어오다니……. 오백 년 사는 동안 처음 보는군?"

갑자기 들려오는 목소리에 하마터면 간이 뚝 떨어질 뻔했다. 주위를 두리번거렸지만 아무도 보이지 않았다.

'혹시 발소리의 주인인 걸까?'

머리가 쭈뼛 서는 것 같았다.

"어딜 보는 거냐? 여기 있잖아, 여기!"

목소리는 더 또렷하게 들려왔다. 내가 기댄 벽 아래에서 나타난 것은…….

쥐, 아니 둔갑쥐 할아버지가 나에게 말을 걸어왔다.

'쥐가 사람 말을 하다니!'

하지만 놀람도 잠시, 가장 궁금한 걸 물어보기로 했다.

"저기 할…아버지? 여기가 저승관리사무소 맞나요?"

"뭐라?"

'귀가 어두우신가?'

"저. 승. 관. 리. 사. 무. 소!"

내가 또박또박 다시 말해 주니 둔갑쥐 할아버지가 혀를
차는 게 아닌가?

"쯧. 저승관리사무소 대신 봉인 감옥으로 오다니. 어리바리하군."

"봉인 감옥이요?"

"이곳은 죽음을 받아들이지 못한 영혼들을 가두는 곳이라네. 몇몇은 이승으로 도망칠 궁리까지 하니 봉인 항아리에 가둘 수밖에 없지. 자신의 죽음을 인정하고 받아들일 때까지 말이다."

"이럴 수가…! 전 저승관리사무소인 줄 알았어요. 혹시 여기를 나가는 방법은 없나요?"

나는 무척 당황했다. 분명 저승관리사무소 푯말은 이쪽
을 가리키고 있었다.

'혹시 표지판에 누가 장난을 친 걸까?'

"흠…. 저승 교도관이 와서 데리고 나가는 수밖에 없다.
하지만 넌 운이 안 좋군."

"왜, 왜요?"

"어제 저승 교도관이 다녀갔으니 당분간은 오지 않을
테다. 보통 일 년에 한두 번 여길 점검하니 말이다."

"전 어떡해요! 올 때까지 계속 기다려야 한다고요?"

"뭐 어떠냐. 시간은 아주 많단다."

나는 답답한 마음에 벽을 쿵쿵 두드리며 소리쳤다.

"거기 누구 없어요?! 여기 지금 갇혔어요! 도와주세요!"

"흥. 소용없다. 말하지 않았느냐? 당분간 여기 올 일은
없다고. 그럼 난 이만."

그 말을 끝으로 둔갑쥐는 뒤도 돌아보지 않고 구멍 안으로 쏙 들어가 버렸다.

"자, 잠깐만요! 저 혼자 두고 가지 마세요. 할아버지!"

어두컴컴한 감옥에 혼자 덩그러니 남겨지고 말았다.

눈물이 나올 것만 같았다.

'아니야! 운다고 달라지는 건 없어.'

나는 한참을 벽에 기대어 멍하니 있었다. 항아리 개수를 세어 보기도 했다. 그런데 문득, 먼지 한 톨도 없던 항아리가 생각났다.

감옥에 갇힌 당신!
이 비상 항아리를
깨뜨리면
저승 교도관이
여기로 출동합니다.

"아, 맞아! 비상 항아리가 있었지?!"

나는 곧바로 비상 항아리를 바닥에 내리꽂아 깨뜨렸다.

쨍그랑 울리는 소리가 꽤 묵직했다.

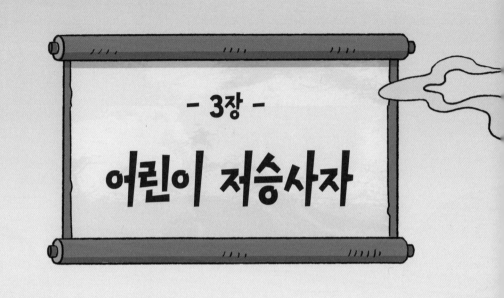

- 3장 -

어린이 저승사자

"무…무슨 일이 일어난 거지?"

나는 깨진 항아리 조각을 가만히 내려다보았다. 그런데 내 등 뒤로 낮은 목소리가 들려왔다.

"항아리를 깨뜨린 게 당신인가?"

뒤돌아보니 저승 교도관이 서 있었다.

"네! 저예요. 여기에서 나갈 수 있게 저 좀 도와주세요!"

그런데 저승 교도관이 나를 도와주긴커녕 내 손을 무언
가로 묶는 게 아닌가.

'……밧줄?'

"따라와! 감히, 봉인을 멋대로 깨뜨리다니!"

"네? 저건 비상 탈출을 위한 항아리 아닌가요?"

"그런 말도 안 되는 핑계를! 쯧. 당장 소장님 앞에서 죄
를 낱낱이 고하거라!"

"소, 소장님이라뇨?"

"저승관리사무소에 가면 알게 된다! 어떤 벌을 주더라
도 달게 받아라!"

정신이 하나도 없어도 이것 하나만은 좋았다.

'……어찌 됐건 저승관리사무소로 가게 된 거네?'

눈앞의 저승관리사무소는 마치 커다란 기와집 같았다.

'와, 여기를 엘리베이터 없이 올라가라고?'

나는 제일 꼭대기 층인 소장실 앞에서 저승 교도관에게
붙들린 채로 저승냥이와 다시 만날 수 있었다.

저승 교도관과 함께 소장실로 끌려 들어온 나를 저승냥
이가 어이없는 표정으로 쳐다보았다.

저승관리사무소의 소장님은 턱수염이 부슬부슬 나 있
고 엄청난 덩치의 사내였다.

"자네가 전민수인가? 이리로 앉게."

"네……."

나는 엉거주춤한 자세로 푹신한 소파에 앉았다.

아까부터 반대편에서 나를 째려보고 있던 저승냥이가 날카롭게 소리쳤다.

"민수! 표지판을 못 본 거냐?! 대체 이게 무슨 일이냐!"

"표지판이 가리키는 대로 꼬불꼬불한 길로 간 거야. 그런데 누군가 뒤쫓아 오는 것 같아서 급하게 들어간 구멍이 하필 거기였지."

"뭐? 정말이냐?!"

저승냥이가 말도 안 된다며 저승관리사무소의 표지판은 직선으로 난 길이라고 대답해 주었다.

"진짜야! 거기서 탈출하려면 그 항아리를 깨야 한다는 글도 있었다고! 귀신들이 탈출할 줄 정말 몰랐어⋯⋯."

나와 저승냥이의 대화를 잠자코 듣던 소장님이 턱을 문지르며 저승 교도관에게 말했다.

"흠. 꼬불꼬불한 길로 표지판이 바뀐 것도 모자라 구멍까지 나 있었다⋯⋯라. 이 말이 사실인가, 교도관?"

"예, 예! 바뀐 표지판과 벽면에 구멍이 뚫린 것을 확인했습니다."

"쯧! 누군가 이 불안정한 영혼을 함정에 빠뜨린 것 같구먼. 탈출한 귀신들의 위치는 확인이 됐나?"

"상황실에서 말하길 어린이 귀신 세 명이… 벌써 이승으로 내려갔다고 합니다!"

"뭐라?! 당장 이승으로 보낼 저승사자는 있나?"

"당장은…, 없습니다. 최근 저승에 사건 사고가 넘쳐 인원이 부족합니다!"

나는 소장님이 서랍에서 웬 태블릿 하나를 꺼내는 걸 신기하게 지켜보았다. 저승에도 태블릿이 있다니.

소장님은 태블릿 속에서 명부 앱을 실행시켰다.

'저게 저승냥이가 말한 명부구나! 그런데 내가 불안정한 영혼이라니. 그게 무슨 뜻일까?'

"어디 보자. 전민수. 열두 살. 요괴와 귀신에 박학다식한 어린이라고 나와 있군."

"헙! 그게 나와요? 맞아요. 그쪽에 관심이 많거든요."

나를 물끄러미 바라보던 소장님이 갑자기 입꼬리를 씩 올렸다.

"훗. 어린이 귀신에게 어린이 저승사자는 어떠한가? 자네가 세 명을 다 저승으로 돌려보내는 데 성공하면 원래 몸으로 돌아갈 수 있도록 약속하겠네! 도전해 보겠나?"

"예…? 저 이미 죽은 거 아니었어요?"

내가 혼란스러워하자 저승냥이가 대신 대답해 주었다.

"민수! 현재 넌 병원에서 의식 불명인 상태다. 하지만 이 일에 성공하면 다시 돌아갈 수 있다! 단, 49일★ 안에!"

"49일? 그 기간이 지나면 어떻게 돼?"

"너의 불안정한 영혼은 완전히 이승을 떠나게 돼."

나는 엄마와 아빠를 다시 볼 수만 있다면 무엇이든 할 자신이 있었다.

"소, 소장님! 저 어린이 저승사자 할래요!"

"흠, 좋다. 지금부터 전민수를 어린이 저승사자로 임명하노라!"

"……그런데 제가 뭘 하면 되나요?"

"그건 저승냥이가 잘 알려 줄 터이니 따라가 보거라."

 ★ 49일 한국의 전설에서, 죽은 영혼이 이승을 영원히 떠나기까지 걸리는 시간.

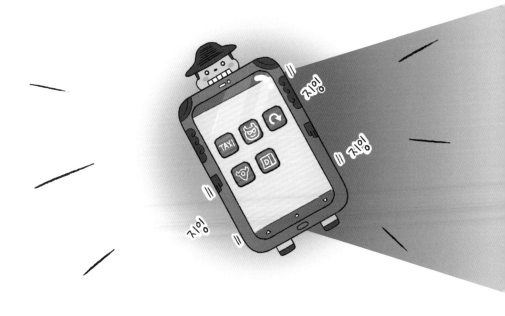

　나는 저승냥이를 따라간 곳에서 저승사자 옷과 필요한
물품을 받았다.

　"민수! 이건 꼭두★ 스마트폰이라고 하는 거다!"

　"우아, 앱도 있네? 신기하다!"

　"저승사자에게 꼭 필요한 거다!"

　그때, 갑자기 꼭두 스마트폰에서 비상 알림창이 떠올랐
다.

 ★ 꼭두 죽은 사람의 영혼이 가는 길을 함께 가는 길동무 인형.
★★ 오색운 신비한 일이 있을 때 나타나는 오색(빨강, 파랑, 노랑, 하양, 검정)의 구름.

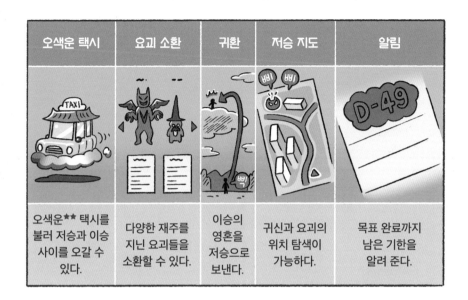

오색운 택시	요괴 소환	귀환	저승 지도	알림
오색운★★ 택시를 불러 저승과 이승 사이를 오갈 수 있다.	다양한 재주를 지닌 요괴들을 소환할 수 있다.	이승의 영혼을 저승으로 보낸다.	귀신과 요괴의 위치 탐색이 가능하다.	목표 완료까지 남은 기한을 알려 준다.

(비상!) 어린이 귀신 이도하! 도로에서 발견! 지금 즉시 출동할 것!

저승냥이는 다급한 목소리로 내게 말했다.

"이런, 민수! 첫 출동이다. 얼른 가자!"

"어, 어떻게 가?"

저승냥이는 꼭두 스마트폰 속 앱 하나를 누르며 다급하게 말했다.

"오색운 택시로 이동할 수 있다!"

평화롭고

비밀리에

꼬응...

능력껏 영혼을 데리고 온다?

잘 이해했군! 바로 그거다!

냥~

앗, 저승냥이! 저기가 우리 동네야!

벌써 여기까지 왔네?

TAXI

저 골목은 그대로구나.

주변 건물은 잔뜩 바뀌었지만….

너도 여기를 잘 알아?

나, 나는 모르는 것 빼고 다 안다!

자, 이제 곧 도착합니다!

뿔 뿔 뿔 뿔

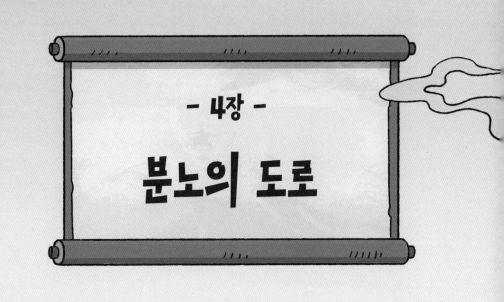

- 4장 -

분노의 도로

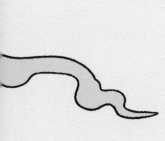

"저승냥이! 쟤들 봐!"

이게 무슨 운명의 장난일까. 오색운 택시가 도착한 곳은 어느 동네의 어린이 보호구역이었다. 우리 동네 말썽꾸러기들이랑 똑같은 녀석들이 여기에도 있다니.

"야, 야! 이번엔 네 차례야! 빨리 차 막아!"

"아~! 아까도 내가 했잖아. 이제 네가 해야지!"

티격태격 장난치는 아이들을 혼내 주려고 했지만 저승냥이가 고개를 저었다.

"민수! 저 녀석들에게 우리의 모습은 보이지 않는다니까. 지금은 꼭두 스마트폰으로 탈출한 귀신을 찾는 게 먼저다!"

저승냥이의 말을 듣고 귀신의 위치를 탐색해 보았다.

'…어라?'

(경고!) 어린이 귀신 이도하,
10미터 이내 접근 중…

"10미터? 이 근처에 있다는데? 어디지?"

"민수! 저기 골목을 봐라!"

어린 남자아이가 화가 잔뜩 난 표정으로 손에 검은 기운을 두르고 있었다. 귀신을 발견하니 정보가 바로 떠올랐다.

'찾았다, 이도하!'

이도하는 자신의 손에서 뻗어 나오는 검은 기운을 도로에서 장난치는 아이들을 향해 쏘기 시작했다.

"어라라…? 왜 이러지? 머리가 핑글핑글 돌아!"

검은 기운을 맞은 아이들은 마치 균형을 잃은 것처럼 철푸덕 쓰러졌다. 심상치 않은 기운에 나도 모르게 몸이 먼저 나갔다.

"도, 도하야, 안녕! 나는 전민수라고 해. 저승에서 널 데리러 온 어린이 저승사자…, 악!"

이도하가 곧바로 내게 검은 기운을 쏴 버렸다. 검은 기운이 닿자마자 눈앞이 빙글빙글 도는 것 같았다.

"저승사자라고? 흥. 난 저승에 가지 않아! 저리 가!"

이도하는 또다시 손에 검은 기운을 모으기 시작했다. 그 모습을 본 저승냥이가 다급하게 소리쳤다.

"민수, 이상하다! 어린이 귀신이 저런 능력을 마구 쓰다니! 어린이 귀신은 날쌔지만 영혼의 힘은 매우 약하다고!"

"진짜? 그럼 우린 어떡해. 저 검은 기운을 맞으면 코끼리 코 백 바퀴 바뀌는 돈 것처럼 어지럽다고."

"흥! 어지러움 따위에 질 수…, 우웩!"

아니나 다를까. 이도하가 뿜어내는 검은 기운에 저승냥이 역시 꼼짝할 수 없었다.

"거봐. 내가 어지럽다고 했잖아."

우리는 한동안 어지러워 바닥을 뒹굴뒹굴 구를 수밖에 없었다.

"흥! 생…, 생각보다 기운이 강하군! 우리도 다 방법이 있다! 민수, 요괴를 소환하자!"

나는 저승냥이의 말대로 꼭두 스마트폰을 꺼내 '요괴 소환' 앱을 실행시켰다.

요괴 소환 앱이란?

> **[첫 소환 이벤트] 50% 할인!**
> **100 포인트를 사용하여**
> **불개를 소환하시겠습니까?**
>
> **예 / 아니오**
>
> ※ 소환 시 포인트가 사용됩니다.

"어라? 나… 첫 소환 이벤트로 이거 떴는데?"

'와, 전설의 불개★를 직접 만나게 될 줄이야.'

내 기대와 다르게 저승냥이는 불쾌한 표정을 지으며 대답했다.

"불…개? 그 개는 나랑 안 맞다!"

"저승냥이. 지금 그럴 때야? 저기 봐! 쟤 또 검은 기운을 모으기 시작했다고! 저거 한 방 더 맞을래?"

"끙…. 그건 싫다!"

"그럼 바로 소환할게!"

퍼엉—!

 ★ **불개** 전설 속 암흑 나라의 충성심 강하고 사나운 개. 주인에 의해 태양과 달을 훔쳐 오라는 미션을 받았지만, 태양은 너무 뜨거워서 금방 뱉고, 달은 너무 차가워서 금방 뱉는 바람에 일식과 월식이 생겨났다고 전해짐.

연기와 함께 사나운 기운의 불개가 나타났다.

"감히 누가 나를 불렀느냐. 음? 설마 이 꼬맹이?"

"불개 님. 안녕하세요! 정말 죄송하지만 저희가 조금 급해서요! 저기 태양을 잠깐만 물어 주실 수 있나요?"

"…불개! 부탁이다! 저 어린이 귀신 녀석이 지금 수상한 힘을 모으고 있는 게 안 보이나!"

어느새 이도하의 손에 모인 검은 기운이 거대해지면서 우리를 향해 비웃었다.

"킥킥…. 이번엔 아까보다 더 강력할 거다!"

"첫 소환에 나를 부르다니. 무모할 정도로 용기 있군.

…다음부턴 어림도 없으니 강해져라."

불개가 떠나고, 나는 저승냥이에게 귓속말을 했다.

"곧 불개가 태양을 물면 순간적으로 일식*이 생겨나. 어두워진 틈을 타 내가 플래시로 걜 비출 테니 도하 쪽으로 달릴 준비해!"

 ★ **일식** 달이 태양을 가려 태양을 볼 수 없게 되는 현상. 전설에 따르면 불개가 태양을 물 때 생긴다고 함.

나와 저승냥이가 불빛에 눈이 부셔 당황한 이도하를 오랏줄로 붙잡는 동안 태양 빛이 점차 돌아왔다. 다시 나타난 불개는 내게 마지막 말을 남기고 연기처럼 스르륵 사라졌다.

"흠흠. 간만에 물었더니 좀 뜨겁군!
다음에 또 보자, 꼬맹아!"

그때, 갑자기 이도하가 팔다리를 버둥거리며 흥분하기 시작했다.

"도하야! 잠깐 내 얘기 좀 들어 봐. 지금 나랑 저승으로 함께 가면 큰 벌은 안 받을 거야."

"이거 안 풀어? 으윽…… 왜 이러지? 내 힘이……!"

이도하의 몸에서 검은 기운이 스르르 빠져나가는 게 아닌가? 이도하가 털썩 주저앉자마자 무언가가 공중에 흩날렸다.

'저건…… 지푸라기?'

"흐윽……. 흐어엉. 안 가!"

이도하는 힘이 빠지자 떼를 쓰며 울었다.

- 5장 -

마지막 붕어빵

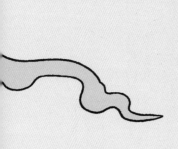

"이도하, 진정해!"

"으흑흑. 도대체 왜 나를 방해하는 거야……? 나쁜 고양이가 사람 말도 해!"

"나, 나쁜 고양이라니! 나는 저승관리사무소의 마스코트, 저승냥이다!"

이도하는 굵다란 눈물을 뚝뚝 흘리며 나와 저승냥이를 번갈아 쏘아봤다. 삐진 듯 툭 튀어나온 입 모양을 보니 비로소 제 나이다웠다.

"도하야. 우리는 너를 도와주려는 거야. 귀신이 이승에서 사람들을 위험에 빠트리다 사고가 나면, 저승에서 큰 벌을 받는대."

저승냥이는 꼭두 스마트폰에서 '귀환★' 앱을 켰다.

"자, 이도하! 이 동의 버튼을 누르면 순간 이동을 통해 귀신은 곧바로 저승으로 돌아갈 수 있다. 봉인 감옥을 탈출해 벌인 일도 용서받을 수 있게 내가 돕겠다!"

 ★ **귀환** 제자리로 다시 돌아오거나 돌아가는 것.

"그걸 어떻게 믿어? 항아리에 또 가둘 거면서!"

"죽은 자는 이승에 오래 머물 수 없다. 만약 순순히 귀환 동의를 한다면 네가 저지른 일도 크게 문제 삼지 않겠다."

"흥. 동의하지 않는다면?"

"결국 저승 교도관이 널 잡으러 올 테지. 오랏줄에 꽁꽁 묶인 채 끌려가고 싶지 않다면 지금 동의하는 게 좋을걸? 더 큰 벌을 받을 수도 있다!"

"……알았어."

이도하는 나와 저승냥이의 설득에 마지못해 동의 버튼을 눌렀다.

'아싸~ 성공이다! 어라?'

내가 속으로 기뻐하는 그때, 황당한 일이 일어났다.

"뭐야? 아무 일도 안 일어나잖아?"

"민수, 이상하다! 원래 연기처럼 슈르르 하고 사라져야 한다!"

이도하는 여전히 그 자리에 그대로 있었다.

"혹시 도하가 아직 저승에 갈 수 없다고 생각해서 그런 걸까?"

"사실은 볼일이 있어서 여기로 온 거야. 그런데 도로에서 장난을 치는 아이들을 보니까 갑자기 나도 모르게 화가 솟구쳐서 그만……."

"볼일이 뭔데?"

"붕어빵이 먹고 싶어!"

"붕어빵?"

나와 저승냥이는 의아해하면서도 이도하의 이야기를 묵묵히 들었다.

"……우리 동네에는 붕어빵 파는 곳이 없거든. 그래서 주말에 친구랑 같이 이 동네 붕어빵을 사 먹기로 약속했지. 여기 붕어빵이 세상에서 제일 맛있거든!"

"그런데 도하 너는 어쩌다가 사고를 당한 거야?"

"도로 반대편에서 붕어빵을 들고 있는 친구를 봤어. 붕어빵 먹을 생각에 차도를 급히 건너다 '쾅!' 하는 소리와 함께 의식을 잃었지. 눈 떠 보니 황천길이었고."

"그랬구나."

"민수! 난 이미 이도하 명부를 보고 예상하고 있었지만 정말 안타까운 일이다!"

나는 아까 도로에 누우며 장난치던 아이들이 진심으로 걱정이 되었다. 저승냥이도 최근 교통사고로 저승에 오는 어린이들이 많아 걱정이라고 했다.

"도하야, 그럼 우리 같이 붕어빵 사러 갈까?"

어린이 교통안전 수칙

어린이의 교통사고를 막기 위한 대표적인 안전 수칙을 알려 주지!

첫째!
횡단보도를 건널 때는 운전자가 볼 수 있게 손을 들어야 한다!

둘째!
골목길이나 횡단보도를 지날 때는 꼭 좌우를 살핀 다음 건너야 한다!

마지막으로 비 오는 날에는 눈에 잘 띄는 밝은 옷을 입고 우산을 숙여 쓰지 않도록 한다!

내 말에 갑자기 이도하의 표정이 어두워졌다.

"거기 붕어빵이어야 하는데. 아무리 기다려도 붕어빵 트럭이 오지 않아."

"하하! 걱정하지 마! 난 요괴를 부를 수 있거든. 냄새 잘 맡는 요괴를 부를 테니 함께 찾아보자!"

나는 자신만만한 목소리로 도하를 다독였다.

'불개도 개니까 냄새를 잘 맡지 않을까?'

나는 꼭두 스마트폰 속 요괴 소환 앱을 눌렀다.

나는 다시 한번 불개를 소환해 보았지만 거절되었다. 옆에서 저승냥이가 고개를 절레절레 흔들며 말했다.

"민수. 불개는 태양을 잠깐 삼킬 수 있을 정도로 강한 요괴다. 아까는 첫 소환 이벤트라 가능했지만 너 같은 풋내기 저승사자가 또 소환하기에는 어렵다!"

"…그랬구나. 그럼 어떤 요괴를 소환할 수 있을까?"

"아까 쓰고 남은 포인트를 확인해 봐라!"

"그런 게 있어? 어디서 봐?"

나는 꼭두 스마트폰 속 포인트를 확인하다 깜짝 놀라고 말았다.

"여…영 포인트?! 말도 안 돼!"

요괴 소환에 필요한 포인트가 하나도 없다니! 이게 무슨 일이람?

나는 허무한 표정으로 저승냥이를 쳐다보았다. 저승냥이는 약간 당황한 듯 목을 가다듬으며 말했다.

"흠흠. 아까는 나도 정신이 없어서 포인트에 대해 말하는 걸 깜빡했다!"

"그럼 이제 소환도 못 하는 거야? 저승사자가 뭐 이래!"

"민수, 걱정하지 마라! 포인트는 또 쌓으면 된다!"

"정말?"

불행 중 다행인 소식이었다.

"그리고 포인트는 저승에서 다양하게 사용할 수 있다! 우리가 저승과 이승을 오갈 때 타는 오색운 택시도 사실 포인트로 이용한다!"

"어? 난 포인트 안 냈는데?"

"첫 미션은 원래 무료다. 다음에 이용할 때는 포인트로 내야 한다!"

'헉. 포인트가 이렇게 중요한 줄 알았다면 미리 아껴 썼을 텐데…….'

내 표정이 점점 일그러지자 이도하가 불안한 목소리로 물었다.

"저기……, 형! 나 붕어빵 먹을 수 있는 거 맞지?"

나는 당황한 목소리로 대답했다.

"으응……."

64

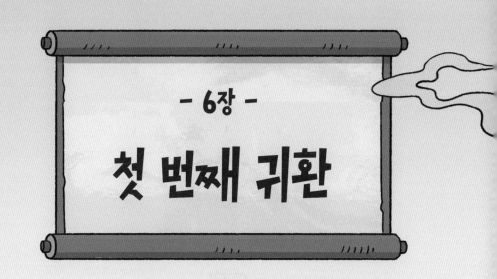

- 6장 -

첫 번째 귀환

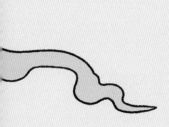

"민수! 당황할 것 없다!"

저승냥이는 요괴를 부릴 방법은 또 있다며 나를 안심시켰다.

"뭔데?"

"민수, 꼭두 스마트폰의 저승 맵에 들어가면 요괴 찾기 기능이 있다. 요괴를 찾아 도움을 받으면 된다. 단, 근처에 있는 요괴들만 가능하다!"

"저승냥이, 이 동네에 사는 요괴가 있나 봐!"

우리는 요괴 위치가 뜬 골목길로 향했다. 그런데 정작 그곳에 도착해 보니 아무도 없는게 아닌가?

"저승냥이! 여기에 요괴가 있다고 신호는 뜨는데 왜 안 보이는 걸까?"

그때, 이도하가 어딘가를 가리키며 소리쳤다.

"형! 저기 벽에 작은 구멍이 있어!"

'어라? 저런 구멍을 어디서 봤더라……. 맞아! 봉인 감옥! 그렇다면 저 구멍 안에 있는 요괴는 설마……. 둔갑쥐 할아버지?!'

나는 몸을 아래로 숙인 뒤 작은 구멍에다 대고 큰 목소리로 말했다.

"계세요? 혹시 봉인 감옥의 둔갑쥐 할아버지세요? 저예요!"

그때, 구멍 속에서 작은 헛기침 소리가 들려왔다.

"에헴!"

"할아버지!"

"어쩐지 할아버지보다 훨씬 젊어 보이시네요."

"에헴. 당연하지. 아버지를 만났다고 하는 걸 보니 자네
는 저승에서 왔겠군."

"네. 사연이 조금 길어요. 저희가 온 이유는요……."

나는 저승관리사무소의 미션과 이도하의 사연을 설명
한 뒤, 붕어빵 아주머니 찾는 걸 도와 달라고 부탁했다.

둔갑쥐는 우쭐한 목소리로 대답했다.

"에헴. 잘 찾아왔다. 우리 둔갑쥐들은 쥐구멍 네트워크라는 것을 가지고 있지. 동네마다 연결된 쥐구멍들을 통해 정보를 교환할 수 있다고."

"우아! 그럼 붕어빵 아주머니를 금방 찾겠네요!"

내가 손뼉을 치며 좋아하자 둔갑쥐는 눈을 게슴츠레 뜨며 손바닥을 내밀었다.

"흐응. 식은 죽 먹기지. 그렇지만 이걸 어쩌나? 우리 아버지라면 모르겠지만 난 공짜로 절대 안 해! 내게 뭘 줄 수 있지?"

"……뭘 줘야 하나요?"

그때, 조용히 있던 저승냥이가 갑자기 앞발을 들더니 날카로운 발톱을 꺼내는 게 아닌가?

"어디서 흥정이냐! 민수를 도울지 말지 빨리 정해! 돕는다면 곱게 보내 주겠다!"

"아…아이고! 농담이오. 어려울 땐 당연히 서로 도와야지. 잠시만 기다리게!"

'설마 도망친 건 아니겠지?'

다행히 시간이 얼마 지나지 않아 둔갑쥐가 숨을 가쁘게 몰아쉬며 다시 나타났다.

"헉, 헉! 그 붕어빵 아주머니는 옆 동네로 자리를 옮겼더군."

이도하의 눈망울이 초롱초롱해졌다.

"와, 드디어 그때 못 먹은 붕어빵을 먹을 수 있겠다!"

"이왕 돕기로 한 거 내가 안내까지 하겠네!"

둔갑쥐는 자기 털 속에서 잘린 손톱 하나를 꺼내더니 날름 삼켰다. 그러자 펑 소리와 함께 웬 아저씨로 변하는 게 아닌가.

"이 손톱 주인으로 변신한 내 모습 어떤가?"

"사람으로 변신까지 가능하다니 신기해요!"

"에헴! 이 정도 재주는 기본일세! 그리고 자네들은 어차피 이승의 음식을 먹지 못해. 붕어빵도 마찬가지고. 그러니 특별한 방법이 필요하다네."

사람으로 변신한 둔갑쥐가 붕어빵 한 봉지를 사 왔다. 그리고 우리를 편의점 야외 테이블로 데려갔다.

'어쩔 생각이지?'

그런데 둔갑쥐가 테이블 위에 붕어빵 봉지를 놓고서 절을 두 번 하자 믿을 수 없는 일이 벌어졌다. 공기 중으로 반투명한 붕어빵이 둥둥 떠오르는 게 아닌가?

나와 이도하는 둥둥 떠오른 붕어빵을 한입 크게 베어 물었다.

"와…! 너무 달다! 진짜 꿀맛인데?"

"이 맛이야, 이 맛! 드디어 먹어 보네! 어라? 몸이 왜 이러지?"

붕어빵을 먹은 이도하의 몸이 점점 투명해지더니, 연기처럼 흩날려 사라졌다.

"민수! 귀환 서비스가 이제야 작동했다!"

"순식간이네. 그나저나 역시 저승으로 되돌려 보내려면 귀신의 소원을 풀어야 하나 봐."

저승냥이의 어느 날 ②

바쁜 하루

드디어 첫 미션 성공이다!

민수, 축하한다! 그러나 아직 많이 부족하다!

헤헤

아, 참! 너도 붕어빵 좋아해?

고양이니까 생선 좋아하지 않나?

나는 생선을 좋아하지!

생선 모양 팥빵을 좋아하는 게 아니다!

은근 놀리는 재미가 있다니까!

뽈 뽈 뽈

TAXI

푸헤헤

금방 오셨네요. 미션은 성공하셨습니까?

하하! 그럼요!

앗! 꼭두 스마트폰에 '배달의 귀신' 앱이 생겼어!

미션을 성공하면 주어지는 보상 같은 거다!

뽀롱~

저승치킨

어라, 이거 봐! 해골 표시가 있네. 내가 먹어도 될까?

흐음, 식중독 걸리면 어떡하지.

'배달의 귀신'은 안심하고 먹어도 된다!

식중독은

오래되어 상한 음식을 먹거나

깨끗하지 않은 물을 마시거나

완전히 익히지 않은 음식을 먹을 때 생긴다!

하지만 배달의 귀신 앱은

주문 즉시 조리하여 배송하고

삼도천의 물을 사용하며

지옥 불로 익혀서 요리 하니 안심해도 된다!

아하~! 그렇구나. 여기에 집밥도 있을까?

솔직히 처음에 나는 도하가 자기 부모님에게 갈 거라 생각했거든?

그런데 붕어빵이라서 의외였어.

뭐, 저마다 사연은 다르다!

민수! 혹시나 해서 말하는데 귀신은 사람과 계속 마주치면 큰일 날 수 있다!

저승법을 지키지 않고 잘못된 방법으로 사람을 만나는 귀신은 벌을 받는다!

착 저승법

벌로 어둡고 축축한 봉인 감옥에 가두냐?

영혼이 저승에서 영영 지워지는 큰 벌도 있다.

다시는 환생할 수 없지.

그래서 저승관리사무소의 특별한 법을 통해서만 귀신들이 산 사람과 만날 수 있다.

이건 귀신이라면 다 알고 있다.

저승관리사무소를 못 찾아서 교육도 못 받은 너 빼고.

표지판이 바뀐 줄 누가 알았냐? 봉인 감옥에 있느라 어쩔 수 없었잖아.

저승 봉인 감옥

그래. 일단 저승관리사무소로 돌아가자!

널 기다리고 있는 분이 있다.

누구지?

붕어빵

내 계획이…!

저놈은 누구냐?

다음에는 기필코…!

- 7장 -

체력 단련

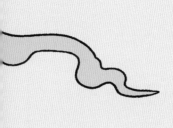

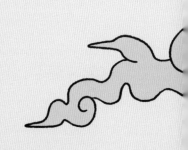

"여기는 왜?!"

저승냥이가 날 데리고 간 곳은 텅 빈 체력 단련실이었다. 저승에 오자마자 봉인 감옥에 들어간 것도 서러운데 첫 번째 미션이 끝나자마자 체력 단련실로 오다니.

"아~ 나도 좀 쉬자!"

"민수! 오늘의 마지막 일정은 교관*님께 인사를 드리는 거다! 그분은 행주대첩에서 활약한 영웅이시니 예의를 갖춰야 한다!"

"인사? 그런데 교관님이라니?"

벌컥—.

누군가 문을 열고 성큼성큼 들어왔다. 조선 시대 장군 처럼 차려입은 여성은 매서운 눈빛과 엄청난 기운을 뿜어 댔다.

"너구나? 저승에 오자마자 사고를 쳤다지?"

'누구지?'

 ★ **교관** 군대 등에서 신입을 훈련 또는 교육시키는 관리자.

"나는 저승사자들의 체력 훈련을 시키는 교관이다! 앞으로 편하게 스승님이라고 불러도 좋다!"

"네, 넵! 스승님!"

그때, 저승냥이가 스승님에게 오늘 미션에서 이도하가 사용한 어두운 기운에 대해 아는 게 있냐고 물었다.

"흠. 안 그래도 조사해 보니, 누군가 어린이 귀신들에게 사악한 힘을 나눠 준 게 분명하다. 단순한 어린이 귀신은 아니니 상대하려면 저승사자가 더욱 강해져야지!"

나는 너무 놀라서 눈이 휘둥그레졌다.

"가, 강해져야 한다고요?"

"민수! 우리가 여기 온 이유가 바로 그거다!"

"아, 알았어."

"흠. 내일부터 정식으로 훈련을 시작하지! 오늘은 네가 머물 기숙사를 안내하겠다. 아, 저승냥이는 지금 퇴근해도 좋다!"

스승님의 말에 저승냥이는 뒤도 돌아보지 않고 체력 단련실을 빠져나갔다.

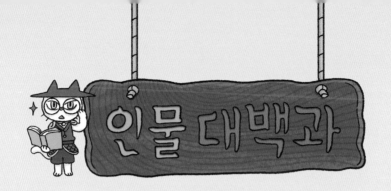

행주대첩

교관님은 임진왜란의 행주대첩에서 활약한 영웅이시다!

행주대첩은 임진왜란 중 왜군을 크게 무찌른 3대 전투 중 하나다.

와 와 와

교관님뿐만 아니라 많은 여성이 적군이 성벽을 오르지 못하도록 치마에 돌을 담아 공격했지!

저승에서 행주대첩의 업적을 인정받아 교관님이 되신 거다!

터벅터벅. 스승님을 따라 기숙사로 가는 길이었다.

"잠깐. 상황실 좀 들리지."

스승님이 걷다 말고 한 건물 안으로 들어갔다. 그곳엔 웬 모니터 수십 대가 커다란 벽에 빼곡히 달려 있었다.

"이곳이 바로 상황실이다. 저승에서 일어나는 일을 관리하고 감독하는 곳이지. 처음 황천길에 오른 귀신을 안내할 때, 나쁜 요괴와 귀신을 조사할 때 대부분 모니터로 확인할 수 있다. 누가 조작하지 않는 한 말이다."

"와, 신기해요! 그런데 여기 분들은 퇴근… 안 하세요?"

"언제 무슨 일이 생길지 모르니 교대로 근무한다."

"저승사자에게 상황실 확인은 필수다. 오늘은 여기까지 하고, 이제 기숙사로 가자."

"네!"

기숙사는 저승관리사무소와 비슷하게 생긴 데다가 꽤 높은 건물이었다. 스승님을 따라 기숙사 복도를 걷는데 여러 개의 방이 빼곡히 줄지어 있었다.

드디어 내가 머물 방 앞에 도착했다.

'내 방 번호가… 444번이라니. 불길해.'

그때, 443번과 445번 방문이 기다렸단 듯이 동시에 열렸다.

선배들과 인사를 마치고 드디어 내 방으로 들어왔다. 주위에 아무도 없이 혼자가 되자, 그제야 이곳이 내가 살던 곳과 다르다는 게 실감 났다.

"와, 내가 저승사자라니."

나는 꼭두 스마트폰을 이리저리 만지다가 '일기' 앱을 발견했다.

"오! 일기 좀 써 볼까?"

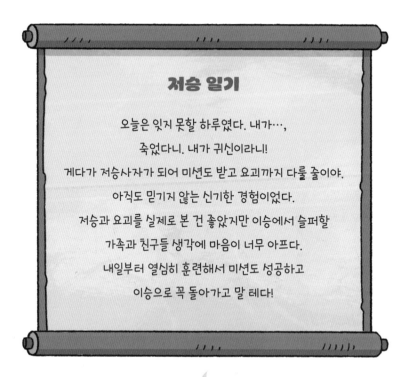

저승 일기

오늘은 잊지 못할 하루였다. 내가…,
죽었다니. 내가 귀신이라니!
게다가 저승사자가 되어 미션도 받고 요괴까지 다룰 줄이야.
아직도 믿기지 않는 신기한 경험이었다.
저승과 요괴를 실제로 본 건 좋았지만 이승에서 슬퍼할
가족과 친구들 생각에 마음이 너무 아프다.
내일부터 열심히 훈련해서 미션도 성공하고
이승으로 꼭 돌아가고 말 테다!

일기를 다 쓰고 침대에 눕자마자 나는 기절하듯 잠에
빠졌다.

깊게 잠든 날 깨운 건 웬 나팔 소리였다. 눈 감은 지 얼
마나 됐다고.

"아우, 귀 따가워! 무슨 알람이 이래?"

꼭두 스마트폰 속 알람을 끄자마자 새로운 알림이 화면
에 떴다.

"디데이 알림이라고?"

"아~ 맞다! 여기 미션 기한이 49일이랬지? 하루가 지날
때마다 알려 주나 보네. 어제처럼만 하면 금방 이승으로
돌아갈 수 있겠는걸?"

나는 저승사자 선배들과 함께 식당으로 아침을 먹으러
나갔다.

나는 밥을 먹으며 선배들에게 이도하의 검은 기운부터 쥐구멍 네트워크까지 주절주절 이야기했다. 그러자 안경 선배가 놀랍다는 듯이 물었다.

"그 사나운 불개를 소환하다니. 잠깐! 그럼…… 지금 남은 포인트는 몇이지?"

- 8장 -

포인트를 쌓아라!

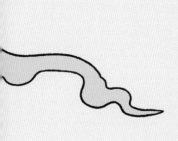

"너 보기보다 대담하군!"

내가 불개를 소환하느라 포인트를 다 쓴 걸 알게 되자 털보 선배는 너털웃음을 터뜨렸다.

안경 선배는 안경을 고쳐 쓰며 고개를 갸웃거렸다.

"불개를 부를 만한 포인트가 처음부터 있을 리가……."

"아, 첫 소환 이벤트라서 50퍼센트 할인받았어요!"

내 말에 털보 선배가 호탕한 웃음소리와 함께 말했다.

"와하하! 우리 때는 그런 거 없었는데 말이야! 그래서 처음 받은 100포인트를 몽땅 날렸구먼!"

선배들은 저승사자 활동을 하려면 포인트는 많이 쌓을수록 좋다고 했다.

"사실 첫 미션 때 정신이 없어서 포인트를 다 쓴 것도 몰랐거든요……."

저승냥이 말대로 포인트가 없으면 앞으로 요괴 소환도, 오색운 택시를 부르는 것도 할 수 없다니!

"선배님들, 포인트는 어떻게 모아요?"

털보 선배는 당장 할 수 있는 것부터 말해 주었다.

"체력 단련이지!"

하지만 옆에서 안경 선배가 단호하게 말했다.

"초보에게 좀 버거울걸? 공부가 나아. 공부해서 시험 통과만 하면 포인트가 쏠쏠하게 쌓이거든."

'……귀신이 되어서도 공부를 해야 한다고?'

솔직히 공부보다는 체력 단련이 훨씬 나을 것 같았다.

체력 단련실로 들어가자마자 스승님이 큰 목소리로 나를 불렀다.

"전민수! 이리로!"

"네, 넵! 스승님!"

"오늘부터 정식 훈련이다! 먼저 기초 체력을 기르는 훈련부터 시작하자!"

스승님은 나를 체력 단련실 중에서도 가장 큰 방으로 데려갔다. 거기에는 사람만큼 커다란 맷돌 하나가 덩그러니 놓여 있었다.

"이건 요술 맷돌이다! 이 맷돌을 돌리면 소금이 나오지. 먼 옛날 옥황상제★께서 바다를 만들 때 이걸 빌려 가셨다고 한다!"

드르륵—. 드르륵.

스승님이 한 손으로 가볍게 맷돌 손잡이를 뱅그르르 돌리자 정말 소금이 나왔다.

"스승님! 저도 해 볼래요! 어, 어라?"

맷돌은 어이가 없을 정도로 꿈쩍도 하지 않았다.

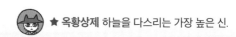 ★ 옥황상제 하늘을 다스리는 가장 높은 신.

"네게 주어진 미션을 위해서는 근육의 힘, 근력이 필수지! 게다가 맷돌을 돌리는 만큼 포인트가 쌓인다!"

나는 다시 한번 맷돌 손잡이에 힘을 주었지만 맷돌은 움직이지 않았다.

"안 움직여요."

"훗! 고작 그 정도로 포기할 생각이냐?! 온 힘을 다해 도전하면 된다!"

스승님이 매우 간단하고도 두려운 해답을 내놓았다.

움직이고자 하면 움직인다!

쉼 없이 돌리거라!

이걸…, 어떻게 움직여요!

다음 날, 나는 온몸이 너덜너덜해진 채로 스승님을 따라나섰다. 어제 맷돌을 돌린 후 한 가지 깨달은 사실이 있었다.

'귀신이 되어도 근육통을 느낄 수 있다니!'

스승님과 함께 어느 깊숙한 동굴로 들어갔다. 안쪽으로 더 들어간 순간, 깜짝 놀라고 말았다. 구석에 커다란 뱀 한 마리가 똬리를 틀고 있는 게 아닌가!

"스, 스승님! 설마 저 뱀은?!"

"이무기★다. 용이 되려고 여의주를 만드는 중인데 오늘도 실패했나 보군."

★ 이무기 한국의 전설에 등장하는 용이 되기 전 상태의 요괴.

오늘도 여의주 만들기는 실패네….

그러고 보니 동굴 곳곳에 작은 구슬들이 점점이 떨어져 있었다.

"혹시 저 구슬로 무슨 훈련을 하나요?"

"훗. 이번에는 저글링 훈련이다! 저글링은 민첩성을 기르는 데 딱이지."

"또 훈련이라고요?"

"어느 세월에 맷돌로 포인트를 모으나! 여러 훈련을 해서 쌓는 수밖에!"

이렇게, 이렇게!

될 때까지 한다!

빙글

빙글

빙글

포인트 모으는 것조차 이렇게 힘든데 앞으로 미션은 어떡하지.

스승님이 구슬 여섯 개로 저글링 시범을 보여 주었을 때, 내 입은 떡하니 벌어지고 말았다.

'와, 두 개도 아니고 여섯 개를 저렇게 빨리 돌릴 수 있다고?'

일단 저글링 연습을 해 보려고 동굴 속에 굴러다니는 구슬을 두 개 집어 들었다. 가까이서 보니 구슬은 오묘한 색깔을 띠었다.

"우아, 스승님! 이 구슬 색깔이 예쁜데요?"

그때, 이무기를 향해 스승님이 호탕하게 말했다.

"하하! 이보게, 이무기! 내 제자가 구슬 좀 보나 본데?"

조용히 똬리를 틀고 있던 이무기가 우리에게 다가와 말했다.

"비록 실패작이지만 좋게 봐 주니 고맙군. 언제든 저글링 연습하러 와도 좋소."

이무기와의 인사를 나눈 뒤, 스승님은 나를 마지막 훈련 장소로 데려갔다.

"자, 오늘의 마지막 기초 훈련이다!"

스승님의 마지막 훈련은 황천길 달리기였다.

"황천길 따라 쭉 달리면서 체력을 길러라. 저승사자로 활동하려면 체력은 필수니까 말이다. 게다가 무작정 달리기만 하면 포인트가 쌓이니 쉽지 않나?"

"네!"

확실히 앞에서 했던 훈련보다 단순하고 쉬워 보였다. 나는 무작정 황천길을 달렸다. 달리면 달릴수록 점점 다리가 후들거렸다. 하지만 그때, 꼭두 스마트폰에서 처음으로 포인트 알림 소리가 들려왔다.

띠링. 띠링.

연이어 들려오는 알림 소리에 다시 한번 꾹 참고 계속 달렸다.

'과연 얼마나 쌓였을까?'

나는 달리기를 멈추고, 곧바로 포인트를 확인했다.

"애개?"

고작 0.5포인트라니. 쉽다고 좋아할 일이 아니었다. 처음에 받은 100포인트까지 쌓으려면 한참 멀었다.

'이렇게 모으기 힘들 줄 알았다면 처음부터 아껴 쓸걸.'

다음 날, 나는 눈뜨자마자 황천길을 무작정 달렸다. 그리고 점심 전까지 열심히 저글링도 훈련했다. 점심을 먹고 나면 몸이 더는 움직이지 않을 때까지 요술 맷돌을 밀고 또 밀었다.

옆방의 선배들도 부지런하다며 나를 응원해 주었다.

그렇게 시간을 보낸 지도 벌써 열흘이 흘렀다. 조금 전에 스승님이 맷돌을 돌리고 있는 나를 향해 입꼬리를 씩 올리며 말했다.

"오, 요술 맷돌이 어제보다 더 잘 움직이는데?"

오늘은 맷돌에서 소금도 조금 나왔다. 게다가 포인트 알림 소리까지 들리니 점점 마음이 뿌듯해졌다.

하지만 체력을 갈아서 얻은 포인트치고 너무 적고 비효율적이었다.

내게 주어진 시간은 얼마 없는데 말이다.

알림

포인트가 2점 올랐습니다.

'포인트 얻는 게 너무 오래 걸려. 탈출한 어린이 귀신도 찾아야 하는데 어쩌지?'

착잡한 마음이 들 무렵, 안경 선배의 말이 떠올랐다.

초보에게 좀 버거울걸? 공부가 나아. 공부해서 시험 통과만 하면 포인트가 쏠쏠하게 쌓이거든.

'공부라……'

솔직히 여전히 내키진 않았다. 하지만 포인트를 쌓으려면 물불 가릴 처지는 아니었다.

나는 곧장 안경 선배에게 찾아가 저녁 시간부터 공부 포인트를 쌓고 싶다고 말했다. 그러자 안경 선배가 기다렸다는 듯이 내 방으로 과외 선생님이 찾아갈 거라고 말해 주었다.

'과외 선생님은 어떤 분일까? 혹시 이번에도 스승님과 같은 위인……?'

똑똑똑─.

문 두드리는 소리가 뚝 끊기고 내 방에 과외 선생님이 들어왔다. 하지만 나는 크게 당황하고 말았다.

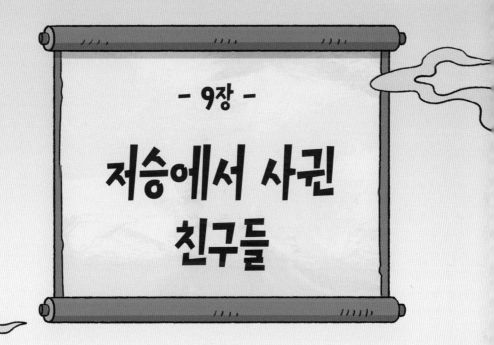

- 9장 -

저승에서 사귄 친구들

"어라, 저승냥이?!"

과외 선생님이 저승냥이라니. 등에 가방도 메고 왔다.

"설마 네가…, 내 선생님이라고?"

"맞다! 바쁜 시간을 쪼개서 널 가르치러 왔다! 민수니까 특별히 해 주는 거다!"

"하…하. 고마운걸. 그래서 공부는 뭐로 해?"

저승냥이는 가방에서 《저승요괴대백과》라는 두꺼운 책을 꺼내더니 가뿐히 들어 책상에 올려 두었다.

'이걸 다 공부해야 하는 건 아니겠지?'

"공부 포인트를 얻기 위해선 교관님이 내신 문제를 맞혀야 한다. 요괴 문제가 자주 나오니까 요괴를 많이 알수록 좋다!"

나는 밤마다 저승냥이와 함께 수많은 요괴에 대해 공부했다. 요괴가 어떤 환경에 사는지, 어떤 능력이 있는지, 소환되려면 얼마만큼의 포인트가 필요한지 등을 말이다.

그런데 생각보다 공부할 게 너무 많았다.

요괴 소환의 중요성

요괴의 특징을 많이 알수록 요괴와 함께 많은 미션을 해결할 수 있다!

붕어빵 아주머니를 찾는 미션엔 불개처럼 강한 요괴보다 둔갑쥐처럼 작은 요괴가 더 유리한 법이다!

문제를 해결하기 위해 가장 알맞은 요괴를 소환하는 것도 저승사자의 능력이다!

교관님은 실제 상황처럼 시험을 내기 때문에 매우 열심히 공부해야 한다!

드디어 오늘 처음으로 시험에 도전하는 날이다.

첫 번째 시험 장소는 저승 숲이었다. 스승님은 먼저 와 있었고, 날 보자마자 곧바로 시험을 시작했다.

"잘 찾아왔군. 시간이 없으니 바로 문제를 내겠다!"

"넵!"

"지금 저승관리사무소로 데려가야 하는 뱀 요괴가 숲으로 도망쳤다. 자, 어떤 요괴를 소환해 해결할 텐가?"

얼마 전, 저승냥이가 뱀 요괴에 대해 말해 준 게 생각났다. 그러니까 뱀 요괴가 좋아하는 게…….

"저는 달걀귀신★을 소환하겠습니다!"

나는 포인트를 써서 달걀귀신을 불러냈다. 내가 소환해서 문제를 해결하면 합격이고, 맞히지 못하면 포인트만 날리게 되는 셈이다.

"왜 그렇게 생각하지? 달걀귀신은 뱀 요괴를 상대하기에는 작고 약한 요괴 아닌가?"

"뱀 요괴는 달걀을 좋아하잖아요? 미리 함정을 만든 다음, 달걀귀신이 뱀 요괴를 거기로 유인할 거예요!"

 ★ **달걀귀신** 오래된 달걀이 상하지 않고 도깨비로 변한 한국 전통 요괴. 얼굴 없는 사람 모양의 귀신인 일본 달걀 요괴와는 종류가 다름.

내가 소환한 달걀귀신은 반짝반짝 윤기가 났고 생각보다 귀여웠다.

달걀귀신이 미리 만들어 놓은 함정으로 데굴데굴 굴러가자 역시나 뱀 요괴가 풀숲에서 요란하게 튀어나왔다.

"쉬이익! 맛있는 달걀!"

스승님은 그 모습을 흥미롭게 바라보더니 호쾌한 웃음을 터뜨렸다.

"하하! 거참 재밌는 생각이구나? 저승사자와 소환 요괴의 협동 작전이라니. 전민수, 합격이다!"

스승님의 두 번째 시험은 어느 복도에서 이루어졌다.

"자, 지금 발 빠른 늑대 요괴들에게 쫓기는 상황이다. 좁은 복도에서 잡히지 않고 잘 도망가려면 어떤 요괴를 소환할 것인가?"

'급할수록 천천히 생각해야 한다고 저승냥이가 알려 주었는데.'

"음……. 토주원★을 소환하겠습니다!"

"빨리 도망쳐야 하는 상황인데 왜 토주원을 골랐지? 느리기로 유명한 요괴 중 하나 아니더냐?"

"좁으니까요. 토주원에게 부탁해서 복도에 작은 구슬을 왕창 뱉어 달라고 할 거예요. 그러면 늑대 요괴들이 구슬에 미끄러져서 쉽게 일어서지도 못할걸요?"

 ★ **토주원** 구슬을 토해 내는 자라 요괴.

"내가 발은 느려도 구슬이라면 빨리 뱉지! 튀엣!"

촤르르르 소리와 함께 토주원의 입에서 알록달록한 구
슬들이 쏟아졌다.

"으악! 너무 미끄러워!"

늑대 요괴들은 처음 겪는 상황에 어쩔 줄 몰라 했다.

"어때요, 스승님? 저 열심히 공부했죠?"

"오호라? 토주원의 능력을 잘 아는구나."

"저승냥이랑 열심히 공부했거든요. 후후."

내가 아무리 요괴에 대한 관심이 많아도 저승냥이만큼
알지는 못했다.

"흠, 제법이군. 합격이다!"

곧바로 포인트 알림 소리가 울렸다.

"와, 포인트가 두 배나 올랐어요!"

"그렇군. 오늘은 여기까지 하고 또 시험에 도전하고 싶
으면 저승냥이를 통해 말하도록!"

"네, 스승님!"

나는 스승님이 자리를 떠나자마자 이제껏 모은 포인트
를 확인해 보았다.

'다 합해서 총 55포인트!'

　그동안 나는 체력 훈련과 시험공부로 정신없는 나날을 보냈다. 노력한 만큼 포인트도 착실히 모이는 게 보여서 더 몰입할 수 있었다.

　지난번 스승님의 시험에서 불러낸 요괴들과도 친해졌다. 굳이 내가 소환하지 않아도 나를 찾아오는 친구가 되었다.

"민수. 소환해 줘서 고마웠어. 그동안 나는 내가 데굴데굴 굴러가는 재주밖에 없다고 생각했는데……."

"나는 엄청 느린 데다가 인기도 없어서……, 저승사자들이 찾지도 않아. 그런데 네 덕분에 자신감이 좀 생겼어!"

요괴들이 기뻐하니 나도 뿌듯해졌다.

그런데 어째서 나머지 어린이 귀신들의 소식은 들리지 않는 걸까?

'남은 시간 안에 이승으로 돌아갈 수 있을까……. 이제 21일 남았네.'

저승 교도관의 어느 날

비상 항아리

2권 예고

어느 날, 귀신이 되었다
❶ 눈 떠 보니 저승

ⓒ 곽규태·유영근, 2025

1판 1쇄 발행 2025년 2월 20일

글 곽규태 | **그림** 유영근

펴낸이 권준구 | **펴낸곳** (주)지학사

편집장 김지영 | **편집** 박보영 이지연 | **기획·책임편집** 박보영

디자인 이혜리 | **마케팅** 송성만 손정빈 윤술옥 이채영 | **제작** 김현정 이진형 강석준 오지형

등록 2010년 1월 29일(제313-2010-24호) | **주소** 서울시 마포구 신촌로6길 5

전화 02.330.5263 | **팩스** 02.3141.4488 | **이메일** arbolbooks@jihak.co.kr

ISBN 979-11-6204-186-4 74810

979-11-6204-185-7 74810(세트)

지학사아르볼   아르볼은 '나무'를 뜻하는 스페인어. 어린이들의 마음에 담긴 씨앗을 알찬 열매로 맺게 하는 나무가 되겠습니다.

홈페이지 www.jihak.co.kr/arbol | **포스트** post.naver.com/arbolbooks